Thank You So Much, Salt!

If you put your tongue on the salt, it's very salty and makes you spit it out. Most people think of salt mainly as a seasoning for food. However, we cannot live without salt.

Salt is essential for life. And salt not only improves the flavor of food but also helps digestion. Salt also gets rid of bad germs in our body, and is also used to make daily necessities such as glass and plastic.

Salt, like air or water, is an essential to our lives.

Salt also has to do with civilization. All through history, the value and movement of salt promoted civilization.

People often wonder how salt can be produced so cheaply and in abundance. Salt is produced by evaporating seawater in the sun and wind or by boiling salt water in a huge pot. Or a rock salt layer that has hardened underground for a very long time ago is made salt by miners.

Salt was an important trade item in the past. Salt was sold to people who needed salt on the back of camels, along a route called the Salt Road. Due to the lack of salt and the universal need, salt merchants and some countries have become wealthy. However, the people became more difficult because of the salt tax.

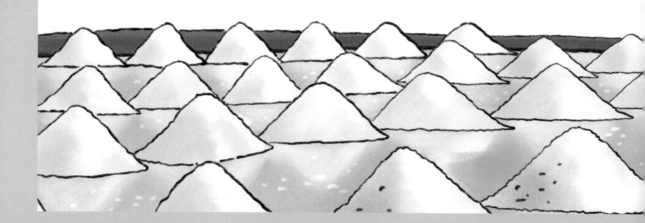

This book shows a lot about salt. How did humans find salt? Where else is salt in the world besides the sea? How has salt been used? Also, how will salt be used in the future?

Salt is close to our hearts.
Let's find the salt that's sprinkled all over the world.

In the Text

* *Various ways to obtain salt*

* *What is salt?*

* *History of salt*

* *Salt and food*

* *A surprising uses of salt*

풀과바람 지식나무 39

소금아, 진짜 고마워!
Thank You So Much, Salt!

1판 1쇄 | 2023년 3월 30일
1판 5쇄 | 2025년 3월 5일

글 | 이영란
그림 | 끌레몽

펴낸이 | 박현진
펴낸곳 | (주)풀과바람
주소 | 경기도 파주시 회동길 329(서패동, 파주출판도시)
전화 | 031) 955-9655~6
팩스 | 031) 955-9657
출판등록 | 2000년 4월 24일 제20-328호
블로그 | blog.naver.com/grassandwind
이메일 | grassandwind@hanmail.net

편집 | 이영란
디자인 | 박기준
마케팅 | 이승민

ⓒ 글 이영란·그림 끌레몽, 2023

값 13,000원
ISBN 978-89-8389-149-5 73400

※ 잘못 만들어진 책은 구입처에서 바꾸어 드립니다.

제품명 소금아, 진짜 고마워! | **제조자명** (주)풀과바람 | **제조국명** 대한민국
전화번호 031)955-9655~6 | **주소** 경기도 파주시 회동길 329
제조년월 2025년 3월 5일 | **사용 연령** 8세 이상
KC마크는 이 제품이 공통안전기준에 적합하였음을 의미합니다.

⚠ **주의**

어린이가 책 모서리에
다치지 않게 주의하세요.

소금아, 진짜 고마워!

이영란 글 | 끌레몽 그림

풀과바람

머리글

"아, 짜!" 혀에 대기만 해도 얼굴이 찌푸려지며 "퉤퉤퉤!" 뱉게 되는 그 것은 무엇일까요? 바로 소금이에요.

신기하게도 소금은 덜 익은 과일과 함께 먹으면 신맛은 사라지고 단맛이 나요. 파인애플, 구아바, 망고 같은 과일에 소금을 뿌리면 훨씬 달게 먹을 수 있어요.

맛이 맹맹하고 심심한 감자나 옥수수가 소금을 만나면 달기도 하고 고소해지기도 해요. 고기나 새우를 그냥 익혀서 먹으면 뻑뻑해서 삼키기가 어려워요. "물 주세요." 하고 마실 것을 찾게 되죠. 그런데 소금을 뿌려서 익히면 목이 메지 않고 맛있게 먹을 수 있어요.

소금은 요리할 때 필요한 조미료이지만, 여기저기 쓰이지 않는 곳이 없어요. 지금은 소금이 흔하지요. 옛사람들은 소금을 아주 귀하게 여겨 "소금이 되어라!"라는 말을 할 정도였답니다.

이영란

차례

01 바다에서 소금 얻기

하얗게 쌓아놓은 눈더미가 곳곳에 눈에 띄어요. 눈이 부셔서 하늘을
쳐다볼 수 없을 만큼 뙤약볕이 쏟아지는데 눈이 하나도 녹지 않았네요.
어떻게 된 걸까요?

바다에도 밭이 있어요. 바다에 감자도 콩도 심을 수 없는데 무슨 밭이 있냐고요? 바닷물이 저 멀리 밀려나면 드러나는 땅이 있어요. 바로 '갯벌' 이지요. 갯벌에서는 짜디짠 바닷물을 가둬 소금을 만들 수 있어요. 이를 '염전'이라고 해요. 소금을 만들어내는 밭이라는 뜻이에요.

1 바다

2 물길

4 침전지

3 저수지

8

바다

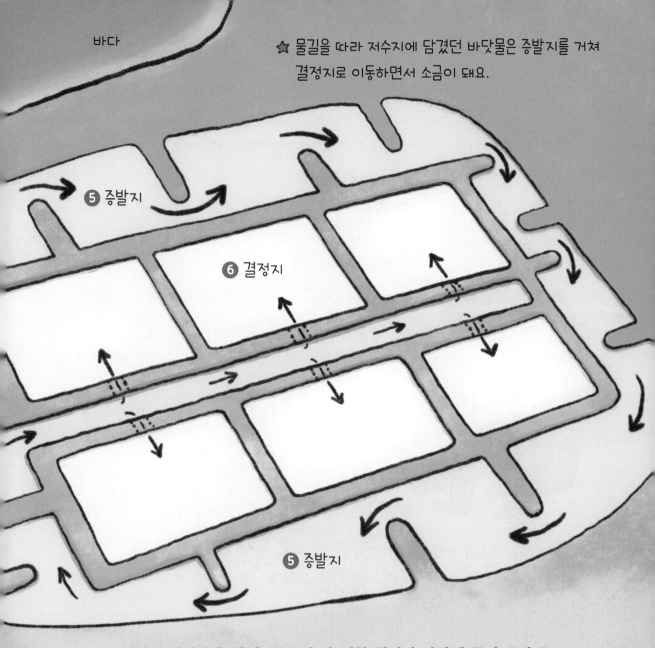

☆ 물길을 따라 저수지에 담겼던 바닷물은 증발지를 거쳐 결정지로 이동하면서 소금이 돼요.

5 증발지

6 결정지

5 증발지

염전에 바닷물을 가둬 두고 몇 날 며칠 햇볕과 바람에 물이 공기 중으로 날아가게 해요. 그러면 하얀 소금 알갱이만 남아요. 그것을 모아서 창고에 몇 년간 보관해 두었다가 사용해요. 이렇게 만든 소금을 '천일염'이라고 해요.

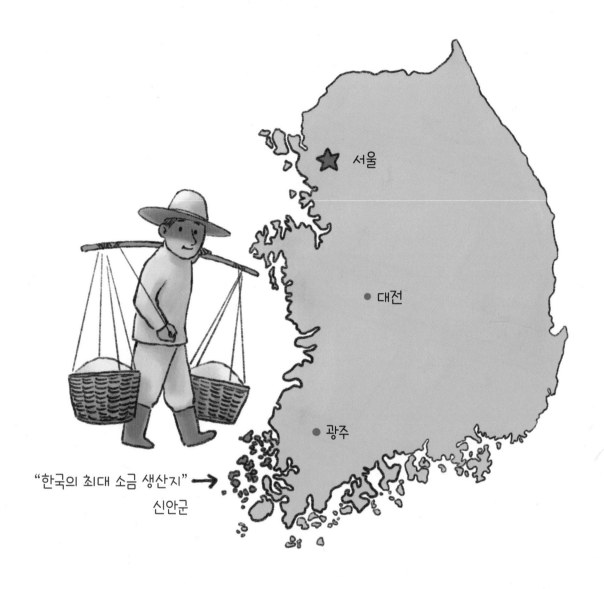

서울

대전

광주

"한국의 최대 소금 생산지" →
신안군

한국에는 중국과 가까운 서해에 갯벌이 펼쳐져 있어요. 비가 적게 오고
맑은 날이 많지요. 하루 중에 해가 비치는 시간이 길고, 바람도 잘 불어서
소금을 만들기 좋아요.

옛날 사람들은 바닷물이 육지 쪽으로 밀려들 때 물이 고이도록 바닷가에 구덩이를 파두었어요. 바닷물이 바다 쪽으로 밀려 나가면 구덩이에 고인 물을 퍼다가 가마솥에 끓였지요. 장작으로 8시간 정도 불을 지피면 하얀 소금만 남았어요.

페루의 한 산자락에는 염전 2000여 개가 다닥다닥 붙어 있어요. 이곳은 오래전 바다였던 탓에 땅속에 돌처럼 굳은 소금이 있어요. 산꼭대기에는 일 년 내내 녹지 않는 눈이 쌓여 있는데, 이것이 조금씩 녹아 땅속으로 물이 흘러 들어가요. 이 물과 돌소금이 만나 아주 짠 소금물을 만들어내요. 페루 사람들은 이 소금물을 염전의 위쪽에서부터 차례차례 흘러내리게 해요. 해와 바람이 이 소금물을 말리면, 짜잔~ 소금이 만들어져요.

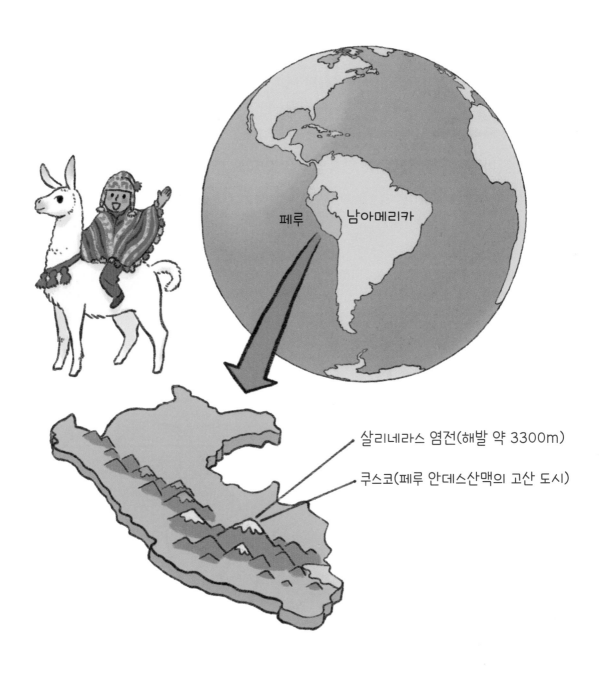

페루   남아메리카

살리네라스 염전(해발 약 3300m)

쿠스코(페루 안데스산맥의 고산 도시)

요즈음에는 기계 장치와 기술을 이용해 쉽게 소금을 얻을 수 있어요.
따라서 염전이 점차 사라져 가고 있어요.

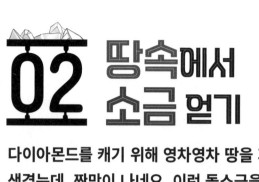

02 땅속에서 소금 얻기

다이아몬드를 캐기 위해 영차영차 땅을 파요. 분명 다이아몬드와 똑같이 생겼는데, 짠맛이 나네요. 이런 돌소금을 찾아냈군요.

땅속에서도 소금을 구해요. '돌소금'이지요. '암염'이라고도 해요. 지구에는 과거에 바다였다가 육지가 된 곳이 많아요. 아주 오래전 바다가 땅 사이로 들어와 호수가 되었다가 물이 공기 중으로 날아가면서 소금만 남았어요. 그 위로 흙과 모래 등이 쌓여 소금이 땅에 묻힌 거예요.

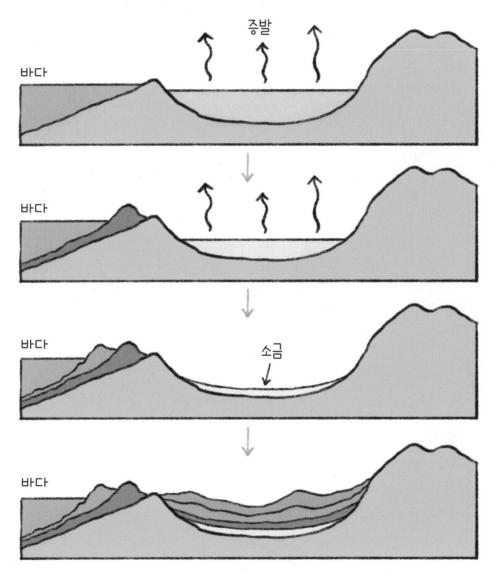

폴란드에는 세계에서 가장 크고 오래된 소금 광산이 있어요. 좁은 계단을 한참 내려가면 비엘리치카 광산에 도착하지요. 총 깊이는 327미터로, 에펠탑 높이(324미터)만큼 깊어요. 소금 광부들이 돌소금을 조각해서 예배당을 만들었어요. 곳곳에는 멋진 조각품이 있지요. 호수도 있고 우체국도 있어요. 특별한 날에는 이곳에서 연주회나 콘서트가 열려요.

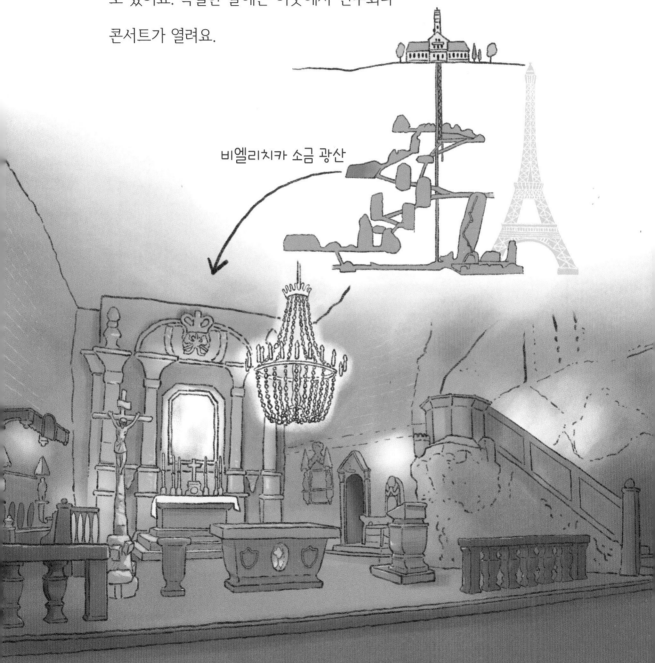

비엘리치카 소금 광산

돌소금을 캐기 위해서는 깊이 땅을 파 내려가요. 보통 2~3개를 파는데, 하나는 광부가 오르내려요. 다른 하나는 소금을 캐는 장비를 지하로 내려보내고, 캐낸 소금을 땅 위로 끌어 올려요. 또 신선한 공기를 지하로 보내요.

소금을 캐다가 광산이 무너지지 않도록 단단한 소금 기둥을 만들어요. 그러면 여러 개의 방이 만들어진답니다.

땅속 소금을 얻는 또 다른 방법은 우물을 이용하는 거예요. 구멍이 20~30센티미터인 두 개의 우물을 150~600미터 거리를 두고 만들어요. 우물들이 서로 통하게 연결하고는 한 곳에 뜨거운 물을 흘려보내요. 소금이 물에 녹아 다른 우물로 흘러가면, 그 물을 퍼 올려 커다란 통으로 보냅니다. 소금물이 담긴 통을 끓이면 물은 사라지고 소금만 남아요.

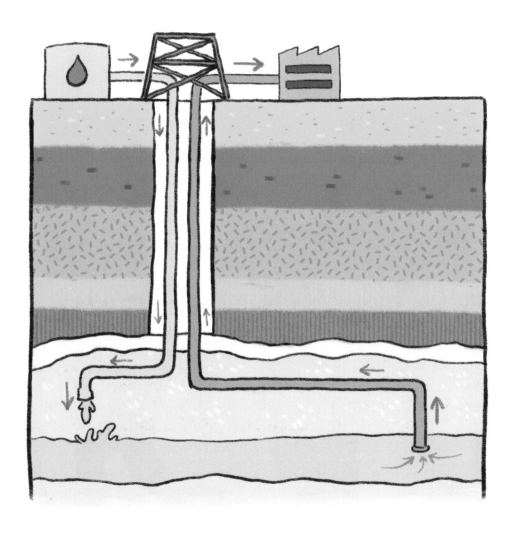

03 바다와 땅속에서 소금을 구하는 이유

어릴 적 떼를 부리며 눈물 콧물 흘린 적이 있지요. "오, 이런." 눈물과 콧물이 입에 들어가기 일쑤입니다.

그 맛은 어땠나요. 짭조름하지 않았나요?

돌화살을 쏘고 돌도끼를 휘두르며 동물을 잡아먹던 시절이 있었어요.
그때는 따로 소금을 먹지 않아도 됐어요. 동물의 살코기에 소금이 들어
있기 때문이에요.

너무 밍밍해서 맛이 없어.

어느덧 사람들은 농사를 짓게 되었어요. 고기보다는 쌀이나 밀 같은 곡물을 더 많이 먹게 됐지요. 곡물 속에는 동물의 살코기와 달리 소금이 없어요. 이때부터 따로 소금을 먹어야 했어요.

지구 최초의 생명체가 바다에서 만들어졌다는 것을 알고 있나요? 여러분도 엄마 배 속에 있었을 때 바다와 비슷한 물인 양수 속에서 열 달 동안 있었어요.

난 바다에서 생긴 지구 최초의 생명체란다. 지구에 있는 모든 생물체의 조상이지.

양수도 바닷물과 비슷하대요.

원핵생물

사람과 동물의 몸속에는 피, 땀, 침, 눈물, 소화액 등 많은 물이 흐르고 있어요. 약간의 소금이 녹아 있어서 몸속 세포 구석구석 잘 드나들 수 있답니다.

사람의 몸속 수분량

몸속 염도가 조금만 낮아져도 체온이 떨어지고 큰 병에 걸려요.

75%   70%   60%   50%

사람 몸속 염분(소금) 농도는 0.9%

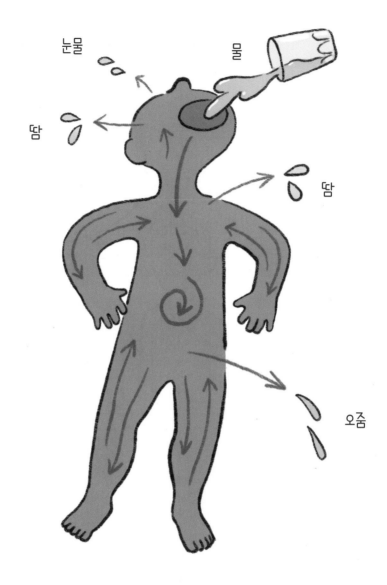

눈물

물

땀

땀

오줌

피는 몸속 세포가 일을 잘하도록 온몸에 영양분과 산소를 실어 보내요.
세포가 일하고 만들어낸 찌꺼기는 소변이 돼요. 더우면 땀이 되어 체온을
낮춰요. 음식을 먹을 때는 침이 나오고, 소화를 돕는 소화액이 나와요.

우리 몸에 소금이 없으면 근육이 뭉쳐요. 그러면 움직이기 어렵고 아프답니다. 피가 잘 돌지 않고, 음식을 먹어도 소화가 되지 않아요. 정말로 위험한 건 심장이 뛰지 않게 된다는 거예요.

운동을 많이 하거나 땀을 많이 흘리는 곳에서 일하는 사람들은 소금을 챙겨 먹어야 해요. 헬스장, 공사장, 조선소, 제철소 같은 곳에서는 물을 마시는 곳 옆에 소금을 둔답니다.

칼륨은 우리 몸에 꼭 필요한 성분이에요. 하지만 몸속에 너무 많이 쌓이면 좋지 않답니다.

칼륨이 많이 든 음식

식물이 잘 자라려면 칼륨이 꼭 필요해요. 채소나 곡물을 많이 먹으면 우리 몸에도 칼륨이 쌓여요. 칼륨이 몸에 너무 많이 쌓이면 심장 마비를 일으켜요. 이를 막기 위해 몸은 짭조름한 음식을 먹으라고 신호를 보내요. 소금은 칼륨을 몸 밖으로 빼내는 작용을 하기 때문이에요.

풀을 먹고 사는 동물들은 소금이 부족하다고 느끼면, 일부러 소금이 섞인 흙이나 물을 먹어요. 소금 바위를 찾아내 핥기도 해요.

04 소금을 얻는 또 다른 방법들

소금을 손으로 주울 수 있는 사람들도 있고, 흙에서 찾아야 하는 사람들
도 있어요.

볼리비아에는 소금으로 된 사막이 있어요. '우유니 소금 사막'이지요. 아주 오랜 옛날 지진, 화산 등이 일어나 바다였던 땅이 솟아오른 곳이에요. 비가 자주 내리지 않은 탓에 바닷물이 말라 소금만 남았지요.

이곳은 12월부터 3월까지 비가 많이 내려요. 이때는 얕은 호수가 돼요. 그래서 '우유니 소금 호수'라고도 불러요. 볼리비아 사람들이 수천 년을 먹고도 남을 만큼 소금이 어마어마해요. 예전에는 소금 벽돌로 집을 짓기도 했대요.

면적 12000㎢

해발 고도
3653m

볼리비아

남아메리카

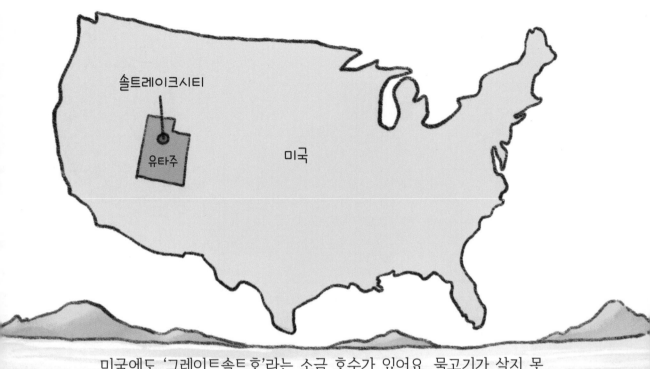

미국에도 '그레이트솔트호'라는 소금 호수가 있어요. 물고기가 살지 못

할 만큼 엄청나게 짜요. 호숫가에는 소금이 얼음처럼 두껍게 덮여 있어요.

비가 오지 않는 계절이 되면 사막이 돼요. 이때는 힘을 들이지 않고 소금

을 얻을 수 있어요.

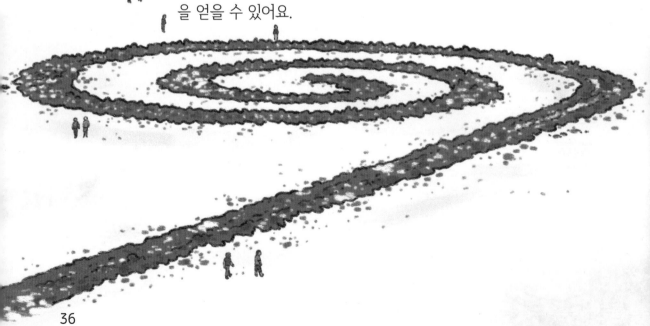

이스라엘과 요르단 사이에는 '사해'라는 소금 호수가 있어요. 요르단강에서 물이 흘러들어오지만 빠져나가는 곳이 없어요. 사해로 들어온 물은 갇힌 채 뜨거운 햇볕에 조금씩 공기 중으로 날아가기만 하므로 바다보다 5배나 더 짜요. 아무것도 살지 못해 '죽음의 바다'로 불려요.

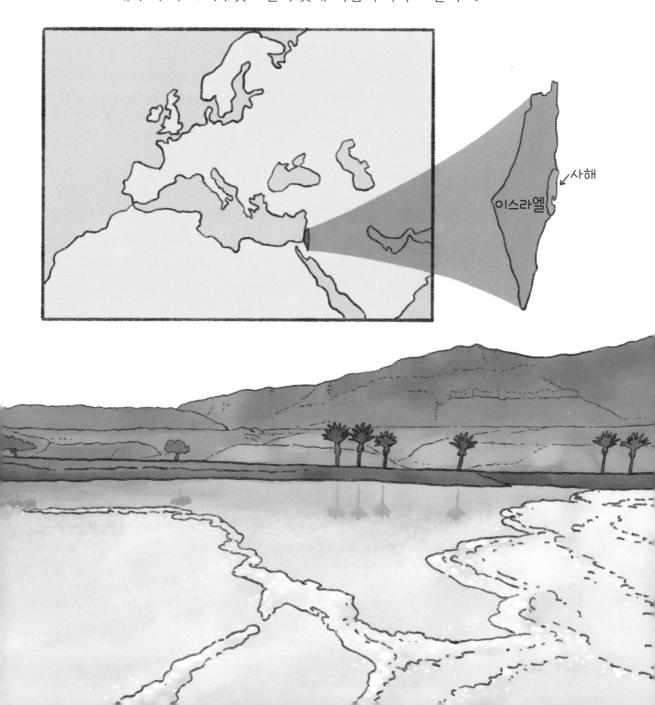

사해

이스라엘

아프리카 세네갈에는 '장미 호수'가 있어요. 무척 짜서 사람이 누우면 둥둥 떠요. 이곳은 미네랄이 풍부한데다가 햇빛을 받아 붉은빛을 띠어요. 사해와 마찬가지로 바닥을 푸기만 하면 소금이 나와요.

땅속 돌소금에 지하수가 흐르면 소금물이 생겨요. 이런 곳에 우물을 파서 물을 길어 소금을 만들어요. 중국 삼국 시대 촉한의 영웅이었던 제갈량이 이 방법으로 소금을 얻었다고 해요.

과거에 바다였던 지역에는 흙에도 소금기가 많아요. 땅에 웅덩이를 파서 물을 부어 흙 속의 소금을 녹여요. 햇빛과 바람이 물을 증발시키면 소금을 얻을 수 있어요.

소금 호수의 물이 모두 사라지면 소금 들판이 생겨요. 화산, 지진 등으로 땅이 변하는 사이 소금 들판은 소금 산이 되기도 해요. 과거 바다였던 곳이 육지가 되면서 땅속에 돌소금이 생기고, 그 땅이 불뚝 솟아 산이 되기도 한답니다.

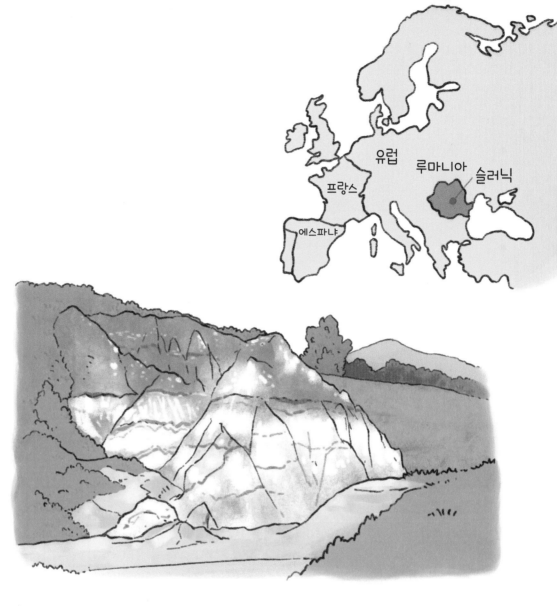

루마니아의 슬러닉이라는 마을에는 소금 산이 있어요. 슬러닉(Slanic)
은 슬라브어로 소금이라는 뜻이에요. 유럽에서 가장 큰 소금 광산으로,
700~1400년 동안 루마니아 사람들이 쓸 수 있는 양의 소금이 있어요. 지
금부터 80년 동안 전 세계 사람들이 쓸 수 있는 양이기도 해요. 이 광산
의 천장이 무너졌을 때 3개의 소금 호수가 발견됐어요.

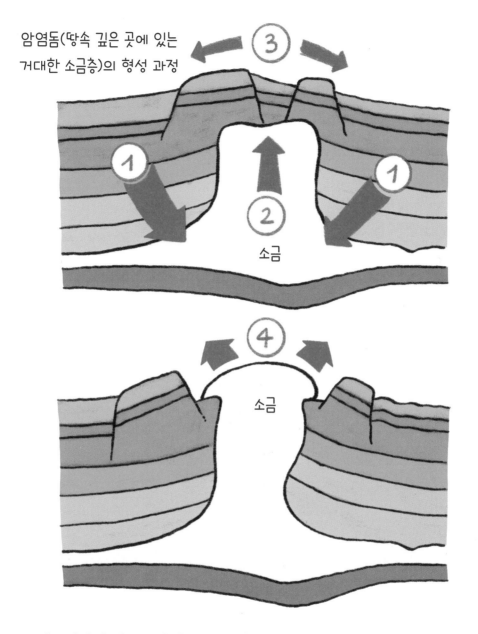

암염돔(땅속 깊은 곳에 있는
거대한 소금층)의 형성 과정

소금

소금

에스파냐의 카르도나에도 소금 산이 있어요. 200만 년 전 지중해가 물러나기 시작하면서 남긴 소금이 100미터 높이의 산이 된 것이죠. 땅속에도 소금이 많아요. 지하 1000미터 아래까지도 온통 소금이랍니다.

05 옛날 옛적, 소금

소금이 무엇인지도 모르던 때에 사람들은 어떻게 소금을 발견했을까요?

풀을 먹는 동물들은 때가 되면 찾아가는 곳이 있었어요. 땅 위에 드러
난 소금을 핥기 위함이지요. 당시 사람들은 사냥을 하기 위해 이렇게 소
금을 찾아가는 동물을 쫓아갔을 거라고 해요. 이때 소금을 발견했을 수
있어요.

미국에는 버펄로라는 도시가 있어요. 이 도시 가까운 곳에 털이 많고 등이 굽은 들소인 버펄로 떼가 소금을 핥기 위해 찾아가곤 했었지요. 이후 사람들은 버펄로 떼가 이동하면서 만들어진 길을 따라 이 도시를 만들었어요.

하하하! 도시 이름을 버펄로라고 지었네!

쳇! 땅을 뺏더니 우리 이름도 뺏고, 다음엔 뭘 뺏으려나?

큰 강 주변은 기후가 따뜻하고 물이 풍부해요. 농사를 짓거나 생활하기에 편해서 많은 사람이 모여들었어요.

유프라테스강
티그리스강
황허강
인더스강
메소포타미아 문명
황허 문명
인더스 문명
이집트 문명
나일강

인간은 자연에만 의지해 살다가 지혜를 발휘해 더 나은 삶을 살기 시작했어요. 이를 '문명'을 이뤘다고 해요. 세계에서 가장 먼저 문명을 일으킨 곳은 메소포타미아, 인더스, 이집트, 황허가 있어요. 이곳들은 모두 큰 강을 끼고 기름진 땅을 가지고 있어요.

메소포타미아는 고대 그리스어에서 온 말로, '강 사이의 땅'이라는 뜻이에요. 티그리스강과 유프라테스강 사이의 땅이라는 의미죠.

유프라테스강

티그리스강

메소포타미아 문명은 티그리스강과 유프라테스강 주변에서 시작됐어요. 오늘날 터키와 이라크에 걸쳐 있는 티그리스강이 바다와 만나는 곳에서는 소금을 구하기가 쉬웠어요. 이곳에 사는 사람들은 강줄기를 따라 밀 농사를 지으며 여러 개의 마을을 이루었어요.

이보다 앞선 1만 년 전에도 도시가 있었답니다. 세계에서 가장 오래된 도시인 '예리코'가 그것이지요. 소금으로 가득한 사해 근처 오아시스에 있었어요. 물과 먹을 것과 소금이 있으니 사람들이 몰려드는 건 당연해요.

인류 최초의 도시인 예리코는 영양분이 풍부한 먹거리인 대추야자가 많이 자라는 곳이었대요.

유럽

● 예리코

아프리카

오늘날 레바논과 시리아가 있는 땅에서 페니키아 사람들이 살았어요. 이들은 이집트의 소금 호수에서 소금을 가져다가 물에 녹여 더 깨끗하고 고운 소금을 만들었어요. 이를 '정제염'이라 하는데, 품질이 좋아 비싼 값에 팔렸어요.

값이 비싸네요. 왜 그렇죠?

이 소금은 '소금 중의 소금'이라서 그렇죠.

일찍이 로마에서 가까운 테베레강과 바다가 만나는 곳에 염전이 만들어졌어요. 이후 이탈리아 남부의 조그만 어촌에서 소금을 거래하던 상인들이 모여 고대 로마를 세웠어요.

소금 장수인 우리가 모든 길이 통하는 위대한 도시를 만들자!

좋은 생각이야!

훌륭해!

한국의 조선 시대에는 흉년이 들어 농사를 망치면 나라에서 백성들에게 '구황염'을 나눠 줬어요. '구황'은 백성들이 굶주림에서 벗어나도록 한다는 뜻에요. '염'은 소금이지요. 살아남기 위해서는 반드시 소금을 먹어야 한다고 해서 구황염을 나눠 주었답니다.

06 소금이 돈

"모든 길은 로마로 통한다."라는 유명한 말이 있어요. 이 말은 소금과 관련이 있답니다.

바다가 있어도 비가 자주 오거나 공기가 축축하거나 태풍이 잦으면 소금을 만들 수 없어요. 햇빛으로 바닷물을 증발시킬 수 없기 때문이죠. 갯벌이 없고 절벽으로 된 곳은 염전을 만들 수 없어요. 강과 가까운 바다에서는 소금물이 옅어져서 많은 소금을 만들 수 없어요.

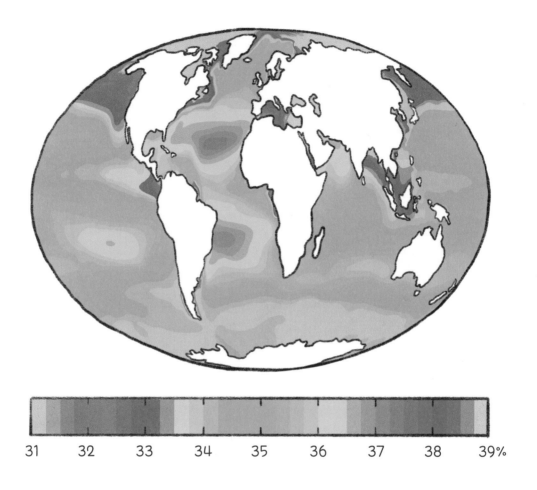

31 32 33 34 35 36 37 38 39%

소금이 들어 있는 정도를 '염도'라고 해요. 전 세계 바다는 저마다 염도
가 달라요. 한국의 동해와 서해도 염도가 달라요. 동해가 염도가 높아 훨
씬 짜지요.

바다에서 멀거나 소금 광산이 없는 지역에서는 소금이 나는 곳에서 소금을 실어 날라야 했어요. 소금을 실어 나르는 길은 멀고 고됐어요. 낙타 네 마리가 소금을 싣고 오면, 세 마리가 싣고 온 소금을 운반비로 줘야 했을 정도예요. 통행세 같은 세금도 내야 했지요.

헉, 왜 이렇게 비싸죠?

소금값에는 통행세, 교통세 등 각종 세금이 포함되어서 그렇죠!

고대 그리스의 동쪽에는 트라키아 사람들이 살았어요. 트라키아 사람들은 소금을 만들지 못했나 봐요. 그리스에 노예를 팔고 그 값으로 소금을 가져갔대요. 이후 유럽 사람들은 소금을 같은 양의 황금과 맞바꾸기도 했어요. 소금을 사고파는 상인들은 부자가 됐어요. 소금을 생산하는 곳 또한 부자 도시가 됐답니다.

우리는 로마 소금을 좋아해요!

소금은 인류 최초로 국가 간에 서로 사고판 식품이에요.

로마 소금™

로마 사람들은 바다로부터 소금을 나르는 길인 '비아 살라리아'를 만들었어요. 이 소금 길을 통해 실어 온 소금을 북유럽의 여러 나라에 팔았어요. 게르만족이 살던 북유럽은 날이 흐리고 추워서 소금을 만들기가 어려웠거든요. 소금을 팔아 부자가 된 로마는 거대한 왕국이 됐어요.

네덜란드 바다에서는 청어가 많이 잡혔어요. 가을과 겨울이 춥고 비가 많이 와서 청어를 말릴 수 없었지요. 그 대신 청어를 잡자마자 내장을 제거하고 소금에 절였어요. 소금에 절인 청어는 전 유럽에 불티나게 팔려나 갔어요. 염장 청어로 번 돈 덕분에 네덜란드는 강한 나라가 됐어요.

청어

나는 청어가 상하기 전에 수천 마리의 내장을 빠르게 제거할 수 있는 작은 칼을 만들었어요.

빌럼 뵈컬손(William Buckels, 네덜란드 어부)

값비싼 소금은 세금을 걷어 나라의 곳간을 채우기에도 좋았어요. 중국은 소금을 사고팔 때 나라에 세금을 내게 한 최초의 나라예요. 중국의 진시황은 소금을 나라에서 만들어 팔도록 했어요. 소금으로 큰돈을 벌어들인 진시황은 중국 최초의 통일 국가인 진나라를 세우고 다스렸어요.

소금이 곧 힘이다!

중세 프랑스에서는 '가벨'이라는 소금세를 내게 했어요. 소금을 만드는 비용보다 14~140배나 더 많은 돈을 세금으로 내야 했지요. 또 세금을 내지 않고 소금을 사고팔면 어마어마한 벌금을 물어야 했어요. 가벨은 500년이 지나 프랑스 혁명을 일으키는 원인 중 하나가 됐어요.

영국의 식민지가 된 인도는 소금을 만들 수 없었어요. 영국에서 소금을 사서 써야만 했죠. 세금도 내야 했어요. 영국이 세금을 두 배로 올리자, 인도의 독립운동가 간디는 사람들과 함께 바닷가 마을인 단디까지 24일간 걸었어요. 그곳 바닷가에 도착해서 소금을 집어 들었지요. 이런 까닭에 '소금 행진'이라고 해요. 이를 계기로 인도 사람들은 더욱더 영국에 맞서 싸우게 됐답니다.

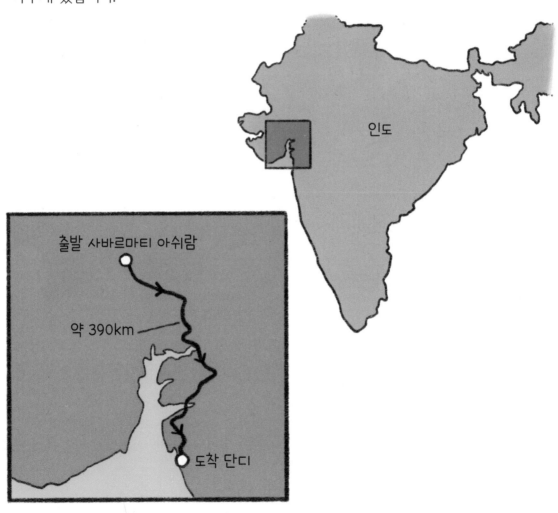

인도

출발 사바르마티 아쉬람

약 390km

도착 단디

07 소금과 이름

소금은 인류가 사용한 가장 오래된 조미료예요. 길고 긴 세월에 걸쳐 소금과 관련하여 많은 이름이 생겼답니다.

원시적 소금 생산 방법

❶ 바닷물을 1차 증발시키기

❷ 농도가 짙어진 소금물 토기에 담기

❸ 토기에 담긴 소금 굳히기

❹ 토기 깨서 소금 얻기

소금

고대 이집트에서는 나트론 광산에서 흔히 베이킹 소다라고 불리는 탄산수소나트륨과 소금의 주성분인 나트륨을 캤어요. 탄산수소나트륨은 빵이나 과자를 만들 때 부풀게 해서 맛을 좋게 하고 소화가 잘되게 하는 하얀 가루예요. 나트론에서 '나트륨'이라는 이름이 시작됐어요.

소금에 섞여 있는 나트륨은 영어로 '소듐'이라고 해요. 유리 만드는 데 퉁퉁마디(함초)의 재를 사용했는데, 퉁퉁마디는 소금을 좋아한대요. 소듐은 퉁퉁마디의 로마 이름이에요. 한국에서는 이것을 갈아서 소금 대신, 즙을 짜서 간장 대신 써요. 영국인들은 퉁퉁마디를 그냥 뜯어서 먹는대요.

소금은 나트륨과 염소로 이루어졌어요. '염화나트륨'이라고 하지요. 음식에 쓰이는 염화나트륨에는 우리 몸에 좋은 영양소인 미네랄도 함께 들어 있어요.

염화나트륨의 화학식은 NaCl이에요. 염화나트륨이 물속에 들어가면 물분자와 충돌하여 나트륨과 염소로 분리돼요.

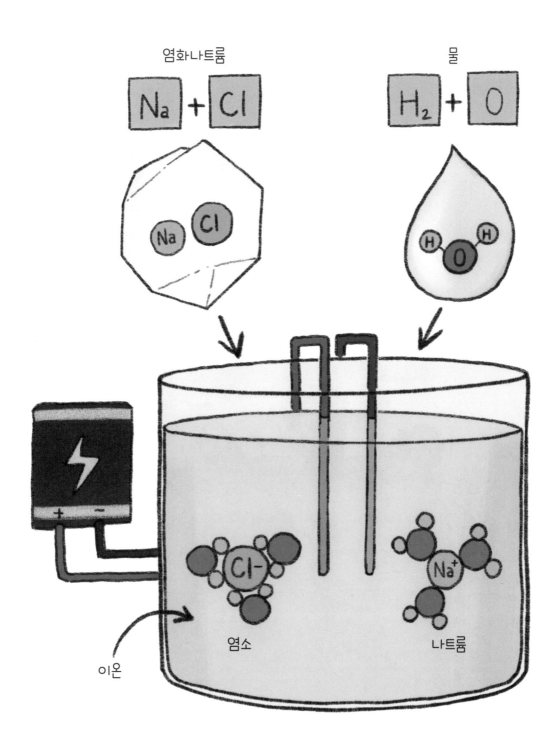

소금은 영어로 'salt(솔트)'라고 해요. 미국의 솔트레이크시티는 소금을 뜻하는 솔트와 호수를 뜻하는 레이크(lake)가 합해진 이름이에요. 근처에 소금 호수가 있어요.

불가리아의 '솔니차타'는 유럽에서 가장 오래된 도시예요. '소금을 만드는 곳'이라는 뜻이지요. 약 6000년 전부터 소금을 생산했대요. 당시에는 소금이 귀해서 침략자로부터 소금을 빼앗기지 않기 위해 도시를 성벽으로 둘러쌓았어요. 안타깝게도 솔니차타는 지진으로 파괴됐다고 해요.

영어로 샐러리(salary)는 일을 하고 받는 돈을 뜻해요. 로마 시대에 소금을 가리키는 라틴어 낱말인 'Sal'에서 비롯됐어요. 로마 시대에 일을 한 대가로 소금을 주었다고 하고, 소금을 살 수 있도록 군인에게 지급된 돈을 뜻한다고도 해요.

샐러리를 받았으니 소금을 사야지!

로마 군인

샐러드는 생채소, 과일, 견과류 등을 소스에 버무려서 먹는 서양 음식이에요. 원래는 고대 로마에서 녹색 채소를 소금에 절여 먹던 음식이라고 해요. 샐러드는 '소금에 절인'이라는 뜻이에요.

살라트(salat) → 샐러드

채소 + 소금

71

영국에는 샌드위치, 노리치라는 도시가 있어요. 모두 이름이 'wich(위치)'로 끝나는데, 이는 '소금 나는 곳'이라는 뜻이에요.

영국의 샌드위치, 노리치, 미들위치 등은 모두 소금 산지였죠!

오스트리아의 할슈타트는 4000여 년 전에 만들어진 세계 최초의 소금 광산이 있던 곳으로 유명해요. 할라인에도 소금 광산이 있었고, 독일의 할레라는 도시는 돌소금이 있어 소금을 얻기 쉬웠던 곳이래요. 이 도시들은 모두 'hal'로 시작하는데, 고대 그리스어로 소금을 뜻하는 말에서 시작됐어요.

유명한 소금 광산 잘츠카머구트의 '잘츠(Salz)'도 독일어로 소금을 뜻해요.

'Zal', 'Hal', 'Sal' 등은 모두 소금을 뜻하는군요.

　소금은 한자로 '염(鹽)'이에요. 監(볼 감) 자와 鹵(소금 로) 자가 합쳐져 있어요. 여기서 鹵는 예전에 바다였다가 육지로 바뀐 곳으로, 땅속에 남아 있는 소금물을 말해요. 오래전 중국 사람들은 이 물을 끌어 올려 가마솥에 넣고 불을 지펴서 소금을 만들었어요. 監은 물에 비친 자신을 바라보는 모습을 뜻하는 글자예요. 監과 鹵를 합쳐 가마솥에서 소금이 만들어지는 과정을 지켜보는 것을 나타냈어요.

대한민국 서울에는 염리동이 있어요. 한강에 있는 마포나루를 통해 서
해안에서 소금을 실은 배가 드나들었어요. 근처에 새우젓 창고와 소금 창
고가 있어 소금 장수들이 많이 살았대요.

08 소금과 요리

소금을 사용하면 채소든 생선이든 고기든 썩지 않고 오랫동안 보관할 수 있지요. 소금을 물에 헹궈내기만 하면 재료의 색과 식감을 그대로 즐길 수 있답니다.

한국에서는 찬 바람이 불기 시작하면 집마다 '김장'을 해요. 소금에 절인 채소에 고춧가루, 젓갈 등을 넣어 겨우내 먹을 김치를 만드는 것이지요. 배추, 무, 오이, 가지 등 쓰이는 채소에 따라 김치의 종류가 200가지가 넘어요.

젓갈은 오랜 옛날부터 전해 내려온 음식이에요. 상하기 쉬운 새우, 조기, 멸치 같은 생선이나 조개, 생선의 알, 창자 등을 소금에 절여서 만들어 두고 먹지요. 고대 그리스와 로마에서도 기름기 많은 고등어, 참치, 숭어, 안초비 같은 생선에 소금을 섞어 커다란 통에 담아 '가룸'을 만들었어요. 요리할 때 꼭 필요한 양념이었대요. 태국(타이), 베트남, 필리핀, 캄보디아, 미얀마, 인도네시아 등 동남아시아에서는 생선을 소금에 절여 만든 생선 소스가 유명해요.

케첩은 원래는 중국에서 소금에 절인 생선을 이용해 만든 굴소스 같은 거였어요. 이것이 동남아시아에서 유럽으로 건너가 버섯, 토마토로 만들어졌어요. 말레이시아에서 키찹 또는 케찹이라 불리던 것이 케첩이 됐어요.

한국에서는 숭어나 민어 같은 생선의 알을 알주머니째 소금에 절여 햇볕에 반쯤 말린 '어란'을 먹어요. 예로부터 임금님에게 올리던 귀한 먹거리입니다. 지중해를 끼고 있는 유럽 국가에서는 '보타르가'라는 어란을 요리에 사용해요. 그리스에서는 소금에 절인 대구, 잉어, 숭어의 알을 올리브유, 레몬즙 등에 섞어서 만드는 샐러드인 '타라모살라타'를 먹어요.

유럽 사람들은 소금에 절인 대구를 즐겨 먹어요. 에스파냐의 바스크 사람들이 처음 만들어 먹기 시작했다고 해요. 특히 포르투갈 사람들이 대구를 좋아하는데, 1000가지의 요리법이 있다고 해요.

서양 사람들은 돼지고기를 익히지 않고 날것 그대로 소금에 절이는 생햄을 먹어요. 에스파냐의 하몬, 이탈리아의 프로슈토, 몬테네그로의 네구시, 포르투갈의 프레준투 등이 있지요. 날것인 돼지고기 뒷다리를 통째로 소금에 절인 뒤 6개월에서 2년 정도 서서히 말려서 먹어요. 생햄은 얇게 잘라 그대로 먹거나 샌드위치 등에 넣어 먹어요.

이탈리아의 '살라미'는 돼지, 소, 염소 등의 고기를 갈아서 소금, 향신료를 넣어 만든 생햄이에요. 살라미라는 이름은 소금을 뜻하는 '살레(Sale)'와 비슷한 것들을 모아놓음을 뜻하는 '아메(ame)'가 합해진 거예요. 여기서 아메는 살라미를 만들 수 있는 모든 종류의 고기를 말해요.

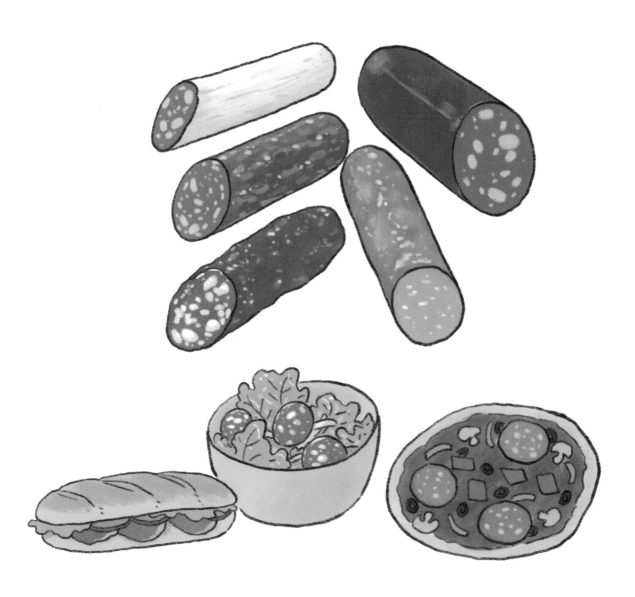

09 소금의 쓰임

요리 말고도 소금은 쓰임이 아주 다양해요. 어디까지 쓰이는지 알면 깜짝 놀랄걸요.

종이

아이스크림

도자기

샴푸

치약

액체 비누

소금 또는 소금의 성분이 들어 있어요.

고대 이집트에서는 썩지 않게 하는 소금의 특성을 이용해 미라를 만들었어요. 미라를 만들기 전에 시체를 소금물에 일주일간 담가두었지요. 음식에 쓰이는 소금이 아니라 소금의 성분 중 하나인 나트륨을 사용했답니다.

과학이 발달하지 않던 시절에 사람들은, 음식물이 상하거나 사람이 죽는 것은 나쁜 기운이 깃들었기 때문이라고 생각했어요. 따라서 소금을 사용하면 나쁜 기운을 없앨 수 있다고 여겼답니다.

과거 한국에서는 가족이 장례식에 다녀오면 집에 들이기 전에 소금을 뿌
리곤 했어요. 태국에서는 아이를 낳은 여자가 매일 소금과 물로 씻으면 나
쁜 영혼으로부터 자신을 지킬 수 있다고 여겨요. 모로코에서는 어두운 곳을
다닐 때 소금을 지니고 있으면 유령을 쫓을 수 있다고 믿는다고 해요.

가톨릭에서는 죄를 씻고 새사람이 된다는 뜻에서 세례를 해요. 가톨릭을 믿지 않던 사람이 가톨릭 신자가 되기 위해서는 세례를 받아야 하지요. 이때 죄를 씻기 위해 물을 사용하는데, 과거에는 반드시 소금물을 사용했어요.

물이 짜네.

옛사람들은 우정·성실·맹세 등이 소금처럼 변하지 않기를 바랐어요. 그래서 약속하거나 계약할 때, 충성을 맹세할 때 소금을 나눠 먹었어요. 아랍 사람들은 소금을 나눠 먹은 사람을 친구로 여겨요. 러시아에서는 손님을 맞이할 때 빵과 소금을 내어 줘요. 이는 그 사람을 믿고 친구로 대한다는 뜻이에요.

우리는 죽을 때까지 친구야!

소금은 치료제이기도 했어요. 마야인들은 소금에 기름을 섞어 뇌전증 약으로 사용했어요. 아이를 낳은 뒤에는 소금과 꿀을 섞은 것으로 통증을 가라앉혔어요. 시리아, 인도, 중국의 의학서에는 몸에 기생충이 생기면 소금을 쓴다고 했어요.

동물의 가죽은 그대로 두면 썩기 쉽고, 물에 담그면 부풀고, 말리면 아주 단단해져요. 가죽으로 물건을 만들려면 가죽을 다루기 좋은 상태로 만들어야 해요. 이를 '무두질'이라고 해요. 예전에는 무두질을 할 때 소금을 써서 가죽이 썩지 않게 했어요.

소금을 이루는 나트륨은 유리를 만드는 재료이기도 해요. 창문용 유리
나 화학 약품을 담는 약병, 카메라나 현미경의 렌즈 등에 쓰이는 특수 유
리를 만들 때 사용해요.

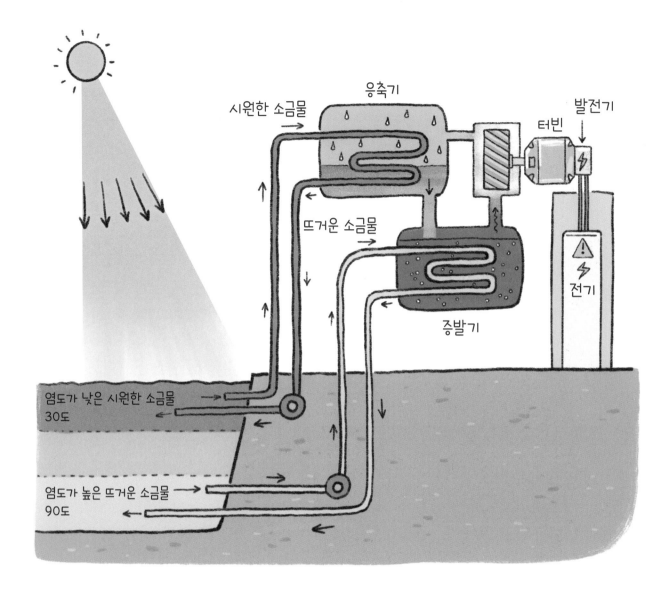

응축기

시원한 소금물

발전기

터빈

뜨거운 소금물

증발기

전기

염도가 낮은 시원한 소금물
30도

염도가 높은 뜨거운 소금물
90도

　어른 키만 한 깊이의 소금물 웅덩이에 태양 에너지를 모아 저장해요. 이를 '태양 연못'이라고 해요. 소금물이 태양열을 받아 뜨거워지면 이때 생긴 열을 모아둬요. 뜨거운 물은 시간이 지나면 식고 마는데, 태양 연못 속 소금이 열이 빠져나가지 않게 막아 줘요. 여름에 태양열을 모아두었다가 겨울에 사용해요. 이스라엘에서 많이 사용하고 있어요.

태양열 발전소에서는 녹은 소금을 이용해 태양 에너지를 저장해요. 맑은 날에 소금 에너지 저장소에 모아두었다가 흐린 날에 열 교환실로 보내 전기를 만들어요.

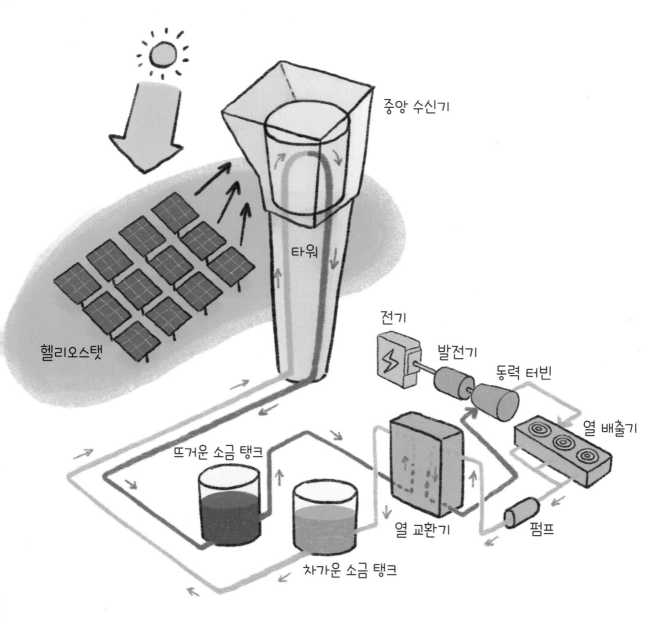

중앙 수신기

타워

전기

발전기

동력 터빈

열 배출기

헬리오스탯

뜨거운 소금 탱크

열 교환기

펌프

차가운 소금 탱크

수소는 미래 에너지로, 사람들의 관심을 끌고 있어요. 물이 있는 곳이면 지구 어디에서든 얻을 수 있거든요. 매연도 전혀 없지요. 미국에서는 2025년부터 지하 소금 동굴에 수소를 저장할 거래요. 수소는 폭발의 위험이 있는데, 소금 동굴은 산소도 없고 충격도 없어서 안전하게 보관할 수 있어요.

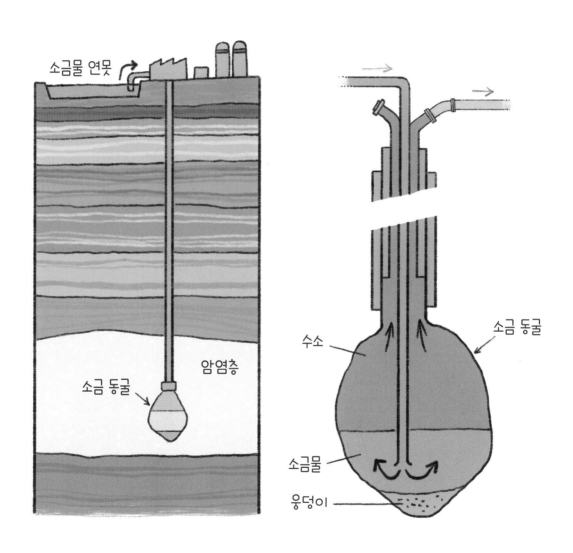

소금물 연못

암염층

소금 동굴

수소

소금 동굴

소금물

웅덩이

물건을 만들거나 화학 제품의 원료로 쓰이는 산업용 소금은 미네랄을 제거하고 방부제 등을 더한 거예요. 원자력, 컴퓨터, 유전 공학, 신기술 등에 쓰일 때, 또 새로운 물질을 만들 때 소금은 많이 쓰이지는 않지만 필요하답니다.

소금을 물에 녹여 전기를 흘려보내면 염소와 수산화나트륨이 만들어지고 수소도 나와요. 수산화나트륨은 종이, 천, 고무, 플라스틱 등 여러 가지 제품을 만들 때 사용해요.

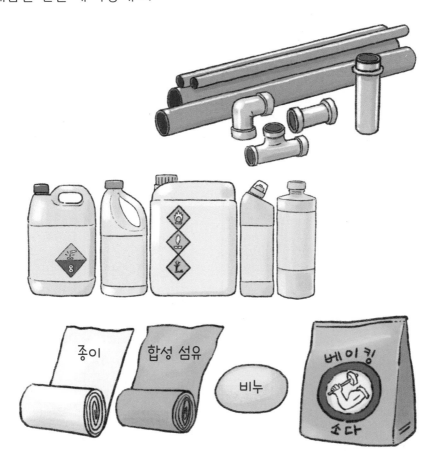

염소는 비닐, 음식물 포장, 장난감 등에 쓰이는 플라스틱, 세척제, 농약, 기계가 뜨거워지는 것을 막는 냉각제, 액체가 어는 것을 막기 위해 넣는 부동제, 표백제, 소독제 등을 만들 때 쓰여요.

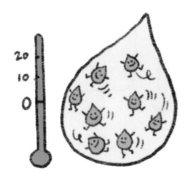

물은 온도가 0℃ 이상, 100℃ 이하일 때 액체 상태로 존재해요.

순수한 물은 0℃가 되면 단단한 얼음이 돼요.

얼음에 소금을 뿌리면…

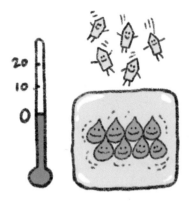

소금이 녹으면서 열이 나는데,
이 열로 얼음이 녹아요.

소금이 녹인 얼음은
소금물이 돼요.

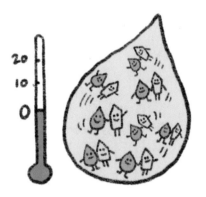

소금물은 물보다
더 낮은 온도에서 얼어요.

이런 원리로 액체가
어는 것을 막는 부동제에는
소금이 쓰여요.

소금의 주성분인 나트륨은 전기차 배터리에 사용되는 리튬과 성질이 비슷해요. 리튬은 남아메리카와 호주의 땅속에 많이 묻혀 있지요. 하지만 리튬 배터리를 만들어 사용하려는 나라가 많아서 서로 리튬을 차지하려고 해요. 반면, 나트륨은 흔하게 구할 수 있지요. 리튬 이온 배터리보다 더 성능이 좋은 나트륨 이온 배터리를 개발하기 위해 노력 중이에요.

나트륨 이온 배터리

리튬 이온 배터리

소금 관련 상식 퀴즈

01 염전에 바닷물을 가둬 두고 몇 날 며칠 햇볕과 바람에 물이 공기 중으로 날아가게 하면 하얀 소금 알갱이가 남아요. ○ ×

02 한국에는 중국과 가까운 서해에 갯벌이 펼쳐져 있어요. ○ ×

03 소금은 바다에서만 얻을 수 있어요. ○ ×

04 동물의 살코기에는 소금이 들어 있어요. ○ ×

05 태아는 엄마 배 속에 있었을 때 바다와 비슷한 물인 _____ 속에서 열 달 동안 있어요.

06 우리 몸에 소금이 없으면 근육이 뭉쳐요. ○ ×

07 소금은 _____ 을 우리 몸 밖으로 빼내는 작용을 해요.

08 볼리비아에는 소금으로 된 사막이 있어요. ○ ×

09 이스라엘과 요르단 사이에는 아무것도 살지 못해 '죽음의 바다'로 불리는 소금 호수 _____ 가 있어요.

10 화산, 지진 등으로 땅이 변하는 사이 소금 들판은 소금 산이 되기도 해요. ○ ×

11 세계에서 가장 먼저 문명을 일으킨 곳은 메소포타미아, 인더스, 이집트, 황허가 있어요. ○ ×

12 한국의 조선 시대에는 흉년이 들어 농사를 망치면 나라에서 백성들에게 _____ 을 나눠 줬어요.

13 소금이 들어 있는 정도를 '염도'라고 해요. ○ ×

14 한국의 서해가 동해보다 염도가 높아 훨씬 짜요. ○ ×

15 로마 사람들은 바다로부터 _____ 을 나르는 길인 비아 살라리아를 만들었어요.

16 염장 청어로 번 돈으로 네덜란드는 강한 나라가 됐어요. ○ ×

17 중국은 소금을 사고팔 때 나라에 세금을 내게 한 최초의 나라예요.
○ ×

18 중세 프랑스에서는 ＿＿＿＿＿＿ 이라는 소금세를 내게 했어요.

19 소금은 나트륨과 염소로 이루어져, 염화나트륨이라고 해요. ○ ×

20 로마 시대에는 일을 한 대가로 소금을 주었다고 해요. ○ ×

21 소금에 절인 채소에 고춧가루, 젓갈 등을 넣어 겨우내 먹을 김치를 만드
는 것을 ＿＿＿＿＿＿ 이라고 해요.

22 케첩은 원래는 중국에서 소금에 절인 생선을 이용해 만든 굴소스 같은
거였어요. ○ ×

23 고대 이집트에서는 썩지 않게 하는 소금의 특성을 이용해 ＿＿＿＿＿
를 만들었어요.

24 러시아에서는 손님을 맞이할 때 빵과 소금을 내어 줘요. ○ ×

25 소금을 이루는 나트륨은 유리를 만드는 재료이기도 해요. ○ ×

소금 관련 단어 풀이

염전   바닷물을 모아서 막아 놓고, 햇볕에 증발시켜서 소금을 만드는 곳.

천일염   바닷소금. 바닷물을 햇볕과 바람에 날아가게 해서 만든 소금.

저수지   소금을 만들기 위한 염전에서, 바닷물을 처음 담아 두는 곳.

침전지   염전에서, 바닷물이 햇볕에 데워지면서 소금이 가라앉는 곳.

증발지   염전에서, 바닷물을 잡아 두고 햇볕과 바람에 졸이는 못.

결정지   염전에서, 증발지를 거쳐 염분 농도가 높아진 소금물을 넓게 펼쳐서 소금이 되게 하는 곳.

페루   남아메리카에 있는 나라 중 하나로, 태평양에 닿아 있음. 과거 잉카 제국의 중심지였고, 한때 에스파냐의 지배를 받았었음.

암염   돌소금. 천연으로 나는, 땅속이나 바위 사이에 있는 소금 덩어리.

증발   어떤 물질이 액체 상태에서 기체 상태로 변하는 현상.

양수   아기가 엄마 배 속에 있을 때 둘러싸여 있던 막 안에 든 물. 아기를 보호하며, 아기가 태어나는 순간에 흘러나와 수월하게 세상에 나오게 함.

원핵생물   세포 내에 핵을 이루는 물질은 있지만, 막이 없어서 핵의 형태를 이루지 못한 생물.

농도   액체 속에 녹아 있는 물질이 묽고 진함의 정도.

칼륨   우리 몸속에 필요한 미네랄 중 하나. 세포 속에서 나트륨과 함께 몸속 수분을 조절하고, 혈압과 근육 등에 영향을 미침.

심장 마비   심장의 기능이 갑자기 멈추는 일. 대개 생명을 잃는다.

볼리비아   남아메리카 가운데에 있는 나라로, 페루와 닿아 있고, 마찬가지로 한때 에스파냐의 지배를 받았음. 구리, 주석, 석유 등이 많이 나는 자원이 풍부한 나라임.

미네랄 우리 몸을 튼튼하게 하는 칼슘, 염소, 마그네슘, 인, 칼륨, 나트륨 등을 말함. 채소, 과일, 해조류, 유제품, 생선 등에 들어 있음.

페니키아 오늘날의 레바논, 시리아, 이스라엘 북부 등 지중해 동쪽 해안 지대의 옛 이름이자 도시 국가.

정제염 공장에서 물건 등을 만들 때 쓰이는 알갱이가 굵은 소금을 녹여서 필요 없는 물질을 없애고 다시 만든 소금.

생산 인간이 생활하는 데 필요한 것들을 만들어내는 것.

염장 음식을 오래 보관하기 위해 소금에 절여 저장함.

프랑스 혁명 1789년부터 1799년까지 프랑스에서 평범한 사람들이 한꺼 번에 들고일어나 왕을 몰아내고 여러 사람이 의견을 나누어 나라를 이끌어가 도록 고친 일.

토기 부드럽고 차진 흙으로 빚은 뒤 불에 구워 만든 그릇.

분리 무엇에서 떨어져 나가는 것 또는 떼어내는 것.

염화나트륨 화학에서 소금을 이르는 말.

산지 생산되어 나오는 곳.

뇌전증 뇌가 손상되어 생긴 병 중 하나. 정신을 잃고 쓰러지며 근육이 갑 자기 오그라들거나 떨리는 등의 증상이 생김.

응축기 수증기가 가진 열을 이용해 움직이는 증기 기관의 장치 중 하나. 수증기를 식혀서 물이 되게 함.

증발기 어떤 물질을 물에 녹인 뒤, 그 액체에 열을 가해서 물을 증발시키 는 장치.

헬리오스탯 빛을 반사하는 거울로 햇빛을 일정한 방향으로 보내는 장치.

물질 세상의 온갖 것을 이루며, 보고 만질 수 있거나 과학적으로 다룰 수 있는 것.

표백제 천, 먹거리 등의 빛깔을 하얗게 하는 화학 물질.

주성분 어떤 물질을 이루는 주된 부분.

리튬 수소, 헬륨과 함께 138억 년 전 우주가 크게 폭발할 때 만들어진 가장 작은 물질 중 하나로, 은백색의 반짝이는 금속.

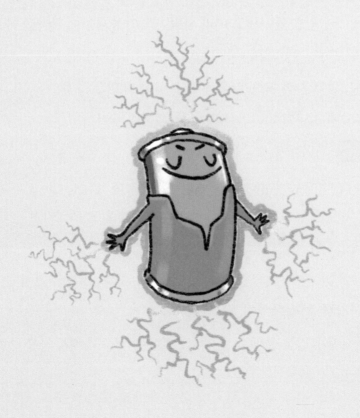